KB199862

F코드라는 애인

김여여 시집

F코드라는 애인

달아실시선
90

달아실

일러두기

1. 보조 용언과 합성 명사의 띄어쓰기 등 본문의 맞춤법은 시인의 의도에 따
   랐습니다.
2. 본문 시편 중 일부는 독자의 이해를 돕기 위해 신상조 평론가의 시읽기를
   함께 실었습니다

마음과 마음이 만나는 곳,
그곳의 특별한 주민으로 살고 있습니다.

별같이 달같이 나눈 이야기들을 세상으로 내보냅니다.

봄을 품고 먼 곳을 흔드는 당신,
걸음걸음 꽃으로 터지는 당신,

따신 당신은 늘 옳습니다.

2025년 봄날
김여여

차례

F코드라는 애인

2부. 미열을 앓는다

3부. 영이야,

4부. 애인이라는 직업

5부. 드라세나자바

1부

13월

꼬박 일 년

손톱에 붉은 봉숭아를 하염없이 입히고 있으면
그날이 옵니다

눈을 감았다 떴다
어깨너머로 살피는 6월 달력은
기대와 불안을 끄덕이며 서로에게 기댑니다

꽃이 와 놓일 자리를 우선 마련해놓고
꽃보다 귀하게 쓰일 마음을 기다려보는 한때입니다

일생에 단 한 번뿐이라도 좋습니다
당신으로부터
축하 엽서가 오거나
알려지지 않아도
또 다른 날을 희망할 수 있다면

꼬박 일 년
나는 답장을 새기며 보낼 것입니다

■ 시읽기

　예전 어른들은 손톱에 봉숭아 꽃물을 들이면 저승길이 밝다고 하셨지요. 그보다는 봉숭아 꽃물 든 손톱이 첫눈 올 때까지 남아 있으면 첫사랑이 이루어진다는 얘기가 훨씬 마음을 설레게 합니다. 화자는 6월에 봉숭아 꽃물을 들인 후 첫눈 내리는 '그날'까지, 사랑에 대한 기대가 가득하면서도 한편으로는 마음이 불안합니다. 그런데 기대는 불안에 기대고, 불안은 기대에 기대는군요. 좌절을 모르는 기대이기에 불안을 넉넉히 견딘다는 의미로 읽습니다.

　모든 그리움은 대상의 부재라는 결핍을 전제합니다. 그 결핍을 견디는 아름다운 자세는 기다림이겠고요. "꽃이 와 놓일 자리를 우선 마련해놓"는 지극한 정성으로 화자는 기다림의 아픔을 잊습니다. 비록 당신으로부터 엽서가 오지 않더라도 '나'는 답장을 새기며 꼬박 일 년을 기다리겠다고 합니다. 현대인의 정서적 결핍은 이 기다림을 잊어버린 데서 비롯합니다. 기다리기보다 일찌감치 슬퍼하고, 그 성급한 슬픔은 곧잘 외부를 향한 분노로 표출되지요. 그러니 우리 그리움을 포기하지 말고 일 년만 더 당신의 엽서를 기다리기로 해요.

발각되고 싶다

지상에 뜬 달은 구경꾼 것
모모역 출구에 초승달이 떴다

주변엔 방금 내려온 커피 향이 감돌고
학생들이 몰려와 사진에 담는다
은근한 눈빛과 약속이 많아지는
굳이, 라는 부사와 어울리는 장소다

그것만으로 부족했을까

구경하던 내 발이 빠져버렸다
어른거리며 모인 그림자족들
발각될 날만 노리며 한여름을 보냈다

해 떨어지는 한가위 전전날
운동화 질질 끌며 찾아간 모모역,
아침엔 휘영청 밝더니만
혼자 고요히 떠 있는 달

기회다!

가늘고 긴 허리에 걸터앉는다
어떤 체위라도 가뿐하겠는걸
나도, 달이랑 잔다

13월

허름한 골목 안
외따로 돌아앉은 가게 앞으로
어둠을 짊어진 노인이 지나갔다

허리는 기역자로 꺾였고
평생을 땜질해놓은 자리에
굳은살 박인 훈장이 고개를
내밀었다

발톱을 세운 어둠이 이따금
걸음을 털었고
복면을 하고 나온 갈림길이
노인을 물어 갔다
지문이 사라진 흔적 위에 등이 휜
지팡이가 엎어졌다

겨우내 중환자실 천장에 입을
봉인했던 울음이 매달렸고

아버지, 기어이 검정 리본을 단 채
끝나지 않는 13월이 되셨다

■ 시읽기

일 년은 열두 달이고 '13월'은 달력에 없는 달입니다. "검정 리본을 단 채" 아버지가 "끝나지 않은 13월이 되셨다"라는 건 무슨 의미일까요? 아버지가 돌아가신 이후의 시간을 받아들이기 힘들어 다음 해를 시작할 수 없다거나, 끝나지 않고 계속되는 화자의 애도 기간을 말하는 것일 수 있겠습니다.

'노인'은 허름한 골목 안 외따로 돌아앉은 가게를 터 삼아 생계를 이어간 것으로 보입니다. "평생을 땜질해놓은 자리에/ 굳은살 박인 훈장"이라는 표현을 보세요. 그는 장년을 지나 허리가 굽은 노년이 될 때까지 그 영세한 가게를 벗어나지 못한 모양입니다. 하지만 그의 삶은 초라하지 않습니다. 지문이 닳도록 손에 굳은살이 박이도록 성실하게 노동하여 식구들을 건사한 자체가 빛나는 훈장이니까요.

우리의 아버지들 역시 고된 삶을 누대의 몸으로 뜨겁고 치열하게 살다 흔히 저렇듯 중환자실에서 자식들의 통곡을 뒤로하고 세상을 등집니다. 달력에는 없지만 누구에게나 있는, 눈물과 아픔의 13월입니다.

입양했어요

어떻게 흘러왔을까?
흙 묻은 구두와 운동화 사이에
나뭇잎 한 장 숨죽여 섞여 있다

한 번 가본 사람만 아는 베란다 외에는
쪽창도 열지 않으려는 한겨울
사방을 둘러봐도 볕들 틈조차 보이질 않는데
'저 건물 입성이 꿈이야'
산책 나온 행인의 옷자락에 매달려
하염없이 흘러왔을 여기,

일생에 딱 한 번 뒷배가 되고자 나섰다
오목한 두 손에 얹힌 손님
12월 방명록 환한 자리에 옮겨다 놓고
첫날 첫 줄을 썼다

오늘, 낙엽 한 장 입양했습니다.

수리 중입니다

사랑 많은 사람인 줄 알았는데
헤픈 걸 잘못 오해했습니다

사랑을 함부로 쓰다보니
언제부턴가 보낼 사랑에 기운 달립니다

그게 맑고 상냥한 목소리일 수도
다정한 눈빛일 수도
정성껏 차린 밥상일 수도 있겠습니다만,

기본을 거르고 마감하는 날이
하루 더 쌓입니다.

밤은 너무 쓰고
생각은 냄새가 나고

봄비 맞은 죽순처럼 비겁에 살이 올라
내가 나를 못 알아챌까봐

사랑에 관한 책만 뒤적거리다가
키 작고 잎이 풍성한
동백 한 그루 사 들고 돌아왔습니다

기특하게도 금방 이름을 내려는지
가지마다 수상한 기대가 몇 개 달렸습니다

다정할 것 같은 이 처자에게
고장 난 내 마음 수리 맡겨볼까 해요

기린초

심심함이 오래가면 간혹
정류장까지 불러낸다

전철역 가는 길
싱싱한 것들 틈에
껴 있는 얼굴 하나

엄마를 닮았다

설마,
아니겠지
부정 쪽으로 깃발 올릴 때
화들짝 들이치는 햇살

이른 아침에겐 뭘 내주었나
딸을 보겠다는 희망으로

오그라진 무릎을 살살 달래
엄마의 심심한 동네를 빠져나왔을 때

새뜻하게 표정을 바꾼 아침

촌수 없이도 매일 보는
여기 네 자리

거기 네가 있어
여름이 덜 심심했고
그러다 까먹었다

F코드로 분류되다

게임을 하며 눈뜬 시간을 숨겼다
어쩌다 부탁받은 몇 건 외에
일을 통해 챙긴 보람은 오래전 일이다

정부 보조금으로 담배를 피우고
강아지를 쓰다듬을 수 있으며
갑자기 몰아치는 갈증은
편의점 소주 몇 홉으로 해결했다

항목 몇 개를 묻고 체크하던 의사는
F32.0을 선명하게 기록했다

스스로가 귀인이길 바랐지만,
절망했고 이후 벌어진 모든 일상은
F코드로 분류되었다

아무것도 안 하고 살아온 날들이
합리적 이유를 밝혀 더 자주 빈둥거렸고
외출 않는 날이 반복되면서 잠을 없앤

밤과 맞서는 일이 잦아졌다

직립 밖으로 몰아세우는
이 우울은, 흔들리지 않지 절대!

■ 시읽기

　불교의 역사 속에서 달마처럼 신비로운 인물도 없을 것입니다. 달마대사 혹은 보리달마로 불리는 그에게는 여러 가지 전설이 전해집니다. 소림사에서 9년 동안 명상하였는데, 잠들지 않기 위해 눈꺼풀을 잘라 땅바닥에 던져버린 그 자리에서 최초의 차나무가 자랐다지요. 그런 달마를 이야기할 때 빼놓을 수 없는 인물이 혜가입니다. 혜가는 달마대사에게 제자로 받아들여지기 위해 수많은 노력을 기울였다고 해요. 눈보라 치는 겨울날, 혜가는 달마대사가 머무는 동굴 앞에서 밤새 그를 기다리다 자기 팔을 잘라 던지는 극단적인 행동을 했다고 합니다. 이유를 묻는 달마에게 혜가는 마음이 너무 고통스러우니 그 치유법을 알려달라고 합니다.

"네 마음을 내게 가져오라. 그러면 고쳐주겠다." 달마의 대답이었습니다. 혜가는 즉시 깨달음을 얻었다지요.

혜가도 보여주지 못한 마음은 우리로서야 더욱 불가능합니다. 시의 인물에게 내려진 'F32.0'이라는 코드가 그의 마음일까요? 보이지도 않고 만져지지도 않는 마음이 이토록 피를 흘리는데 말입니다.

주지하다시피 F코드는 정신건강의학과 진단서에 기록되는 병명에 대한 국제질병분류 기호입니다. 우울장애·불면증·불안증 같은 경증 정신질환이나 조울증·분열증 같은 중증 정신질환 모두 병명이 F로 시작합니다. 게으른 모습으로 온종일 게임을 하고, 정부 보조금으로 겨우겨우 살아가며, 불면증으로 밤을 꼬박 지새우는 인물의 증상은 혜가가 잘라서 던진 피투성이 팔에 해당합니다. 마음은 구체적이지도 감각적이지도 않아서, 그는 그렇게 자신의 우울한 마음을 세상에 던지는 거지요. 혜가처럼 그도 고통에서 벗어날 수 있을까요? 부디 그럴 수 있기를 바랍니다.

골목이 많은 밤

밤으로 창을 내고 있다

흐릿한 시력으로 대충 살펴도
그리움을 버리려는 순서

난 첫 번째 그 전부를 목격한다

시든 것들 사진 옆에
시든 너를 옮겨다 놓고

흔들리는 의자에 앉아
캄캄한 밤을 함께 보네

외길은 한적해 좋고
소음 많은 큰길은
쓸쓸하지 않아 그대로 좋지

우리는 녹슨 자전거
골목을 누볐던 시간들아!

아직 준비를 못 했구나
다음을

■ 시읽기

'흐릿한 시력', '시든 것들', '시든 너를'이라는 표현에서 흔들의자
에 앉아 캄캄한 창밖을 내다보고 있는 화자의 나이를 짐작할 수
있습니다. 오늘 밤 '나'는 '너'와 함께 자전거를 타고 누볐던 골목들
을 회상합니다. 외길은 외길대로 한적해서 좋고, 소음 많은 큰길
은 또 큰길대로 달릴 맛이 났었어요. 그런데 2연에서 화자는 "우리
는 녹슨 자전거"라며 자신들을 자전거에 비유합니다. '우리'가 자
전거라면 길은 그들의 인생을 상징하겠지요. 결국 "골목이 많은
밤"이라는 제목은 '나'에게 밀려드는 수많은 추억을 비유합니다.

세월이 흐르고, '우리'의 삶은 녹슨 자전거처럼 낡아갑니다. 힘
차게 누비던 골목길과 큰길은 다만 "그리움"으로 남았습니다. 앞
만 보고 달릴 줄만 알았지 "다음"을 "아직 준비"하지 못했다고 화
자는 안타까워합니다. 그런 상심이 "그리움을 버리려는" 태도로

나타납니다. 얼마만 한 그리움이기에 차라리 버리려는 걸까요? 가라앉은 내면의 목소리에 귀 기울이는 '나'의 곁에 앉아, 말없이 위로해주고 싶은 밤입니다.

죽기 전에 연락 바람

당신이 특별해졌다고 해석해주길

이 제안을 처음 꺼내놓았을 때
어린아이 같다며 다들 웃어넘겼지만
서로에게 장치를 교환하던 날
우리는 쭉 같은 페이지에 있었다

그래본들 열 명 남짓 될까
뜸해지는 걸음을 희망 편에 옮겨 심고
기다린다

체중이 자꾸 준다며 종합검진 가던 날
책상 언저리에 놓고 간 사탕 봉지 바닥이 보이도록
오지 않는 사람

창가를 노려보는
그림자를 얼핏 본 듯도 한데

누가 먼저 올까

연락 좀 해라!

■ 시읽기

"당신이 특별해졌다고 해석해주길"이라는 1연은 마치 '오늘부터 우리 1일'이라는 연인들의 약속처럼 들립니다. 그 제안을 꺼낸 이들은 누구이고, 이들을 보며 어린아이 같다 웃음을 터뜨린 사람들은 또 누구일까요?

이날 이후, 화자를 비롯한 열 명 남짓한 사람들이 "쭉 같은 페이지에 있었다"라는 걸로 봐서, 이들은 정서적으로 공감과 소통의 공동체를 유지해온 걸로 여겨집니다. 그런데 개중 한 사람이 체중이 자꾸 준다며 종합검진을 받는다더니 소식이 끊겼습니다. 사탕을 봉지째 놓고 간 사람입니다. 기다리는 쪽의 시간은 지독히 느리게 흐르지요. "연락 좀 해라!"라는 화자의 간청이 전적으로 상대의 처지를 헤아리며 그를 걱정하는 데 온 마음을 쏟는 이들의 처지를 보여줍니다. 그런즉, 이 시 안에서 발생하는 안타까움의 역학은 먼저 연락을 취할 수 없는 일방향성에서 옵니다.

바람의 환승역

꽃이 사라졌다

오고 가다 실눈으로 키운 설렘인데
가을을 감상하기로 마음먹은
하필 이때,

단란한 노천 화단은
풀풀 나는 바람의 환승역일까

성마른 가을은 기절 직전이다

꽃 진 자리마다
시무룩한 정황이 우거지고

종량제 봉투 속에는
비명 자락이 초록으로 시들고 있다

구름 반
구름에 갇힌 노을 반

반반의 환송식이 자꾸 흔들어댔다

우리 오늘 꽃 찾으러 가볼까

그날엔, 박하 향이 났다

나는 안에서 기다리는 사람
당신은 밖에서 찾아오는 사람

많은 걸 생략하고도
별별 이야기가 되는 우리는
순정이들

누구랑 어디서 살고 있는지
심장은 왜 콕콕 아파 쌌는지
붉은 낯을 들킨 저녁까지

산책하다 만난 우연처럼 보여도
마음 위에 마음을 포개는

나는 기다리는 사람
당신은 찾아오는 사람

가을이 덮쳤던 날
얼마간 못 올지 모른다며

큰 걱정 말라 했지만

뒤척이며 한 달 겨우 왔을 무렵
가방에서 꺼내놓은 박하사탕

당신 다녀간 그날엔,
종일 박하 향이 났을 거다

■ 시읽기

　고백하자면 "얼마간 못 올지 모른다"는 말을 남기고 간 '당신'을
기다리던 한 달은 '나'에게 몹시도 길고 지루한 시간이었습니다.
다시 찾아온 '당신'이 반갑기만 하던 날, '나'에게 '당신'은 박하사탕
을 선물했습니다. 이 장면에서는 영화 <박하사탕>이 떠오릅니다.
군에 있는 영호를 면회하며 순임이 준 박하사탕. 그 박하 향처럼
상큼한 첫사랑의 추억도 1980년대의 광주와 1990년대의 IMF로 서
서히 파괴되어가는 영호의 영혼을 구원할 수는 없었습니다.

하지만 "당신 다녀간 그날엔/ 종일 박하 향이 났을 거다"라는 화자의 고백은 영화와는 반대로 시를 읽는 독자에게 설렘과 희망을 안겨줍니다. '당신'이 가지고 온 박하사탕의 향기가 끝끝내 사라지지 않았으니까요.

2부

미열을 앓는다

봄에 온 소포를 가을에 접었다

파지를 정리했다
누구에겐가 잠시 필요가 되었다가
버려지는 대답들이 제멋대로 쌓여 있다
신문, 우편물, 택배 박스
쌓아 올린 허무 더미에 작은 박스 하나를 추가하였다

시집 한 권을 소포로 받았다
선물이라 이름 짓고 계절이 내내 좋았다
네가 오기까지
얼마나 오래 쓸쓸하였던지
설렘을 물고 계속 오물거렸다

책을 펴놓으면
그가 들어와 살았다

꽃잎 홀홀 떠나고
그을린 한여름 상처는 온데간데없는데
간간이 오던 걸음이 시집 끝줄에 멎었다
구석에서 이름을 지운 그는 돌아가지 못해 시가 되었다

봄에 온 소포를 가을에 접었다

■ 시읽기

 '봄에 소포가 왔다'를 '봄에 당신이 왔다'로 읽습니다. 당신이 '나'에게 온 순간부터 매 순간 그는 '나'의 타자이자 채워 넣어야 할 여백이 됩니다. 그러니 "시집 한 권을 소포로 받았다/ 선물이라 이름 짓고 계절이 내내 좋았다"라는 고백은 당신을 이해하고 가까워지려 다가가는 '나'의 간절함이라 불러도 좋겠습니다.

 한여름 작열하는 태양은 여린 꽃잎을 그을리고 맙니다. 그렇듯 사랑은 상처 입습니다. 더 많이 사랑한 쪽이 아파하고, 아파하는 사람이 오래오래 그 상처를 지우기 마련입니다. 차마 다 지우지 못하면 시를 씁니다. 봄에 시작한 사랑을 가을에 접는다고 말입니다. 그것은 "쌓아 올린 허무 더미에 작은 박스 하나를 추가"하는 만큼이나 쓸쓸한 일입니다.

수서역에서

이름이 맘에 들어
나를 흘려보냈다

세련된 여자 이름 같고
공들인 자손의 이름 같은
수서역으로 매일
흐르는 나를 바라본다

너무 멀어져 다신 찾을 수 없어도
수많은 중에 낡은 나 하나쯤
잃어도 괜찮은데

강은 왜 기울어져 흐를까

잘 차려입고 나간 바깥에서
소나기를 만나고
모퉁이에 앉아 꽃을 떠올릴 때도
희망만 말하는 하늘

나를 만나고 싶다
수서역에서.

미열을 앓는다

열지 못한 문 너머 아쉬운 미열이가 있다
곱슬머리에 진지한 얼굴로 실수처럼 이를 드러내는 미소
쉬는 시간에도 곧은 자세로 앉아 고전 읽던 아이였다

그 아이 사는 세계를 가끔 궁금해하면서
사랑을 했고 사랑을 하다 어른이 되었다
조그맣던 내가 점점 작아지다
사라지는 순간이 올까 조바심칠 때
들끓던 계절이 와 쓰러졌다

체온을 쟀다
열이 나야 했다 열이 났으면 했다
문 너머 미열이 이후 열을 품지 못한 심장에게
축복받은 몸이라고 함부로들 말한다

어른 옷을 입어도 아이처럼 업혀 칭얼대고 싶은
그런 장르가 있다는 걸, 너희가 차라리 몰랐으면 해
희미했던 눈 코 입에 명암을 새기며
몰랐던 나를 마중 나가는 길

나, 기꺼이 미열을 앓겠다

■ 시읽기

　미열(微熱)은 사람의 정상 체온보다 조금 높은 몸의 열을 말합니다. 발열 중에서 고열(高熱)만큼 위험하지는 않지만 일상에서 흔히 경험하는 증상입니다. 곱슬머리에 진지한 얼굴, 미소를 지을 땐 실수처럼 이를 드러내는 아이. 쉬는 시간에도 곧은 자세로 앉아 고전을 읽던 미열이가 한자로 정말 微熱일 리는 없습니다. 하지만 시에서의 미열은 微熱으로 읽힙니다. "열지 못한 문 너머"에 있는 대상이란 "들끓"는 열정 앞에서 멈춰버린 미련이기 때문입니다.

　"열이 나야 했다 열이 났으면 했다"란 고백은 자신의 모든 걸 걸만한 열정을 갈구하는 목소리입니다. 그런 화자가 "나, 기꺼이 미열을 앓겠다"니 전력을 다한 그의 사랑을 축복하고 싶습니다. 당신은 어떤가요? 그 열정이 너무 오래 잠들어 있지는 않은지요.

그때 네가 와줬더라면

엔젤만 증후군을 앓는 여자아이가
웃고 있어요 어제처럼
아까도 웃고 있더니
정지 화면 속에 계속 웃고 있어요

엄마 잃은 아기 곰 영상도
입을 헤 벌린 채 봐요

슬픔과 웃음이 요술처럼 하얗다면

맛있는 걸 먹고
바비인형을 선물 받고
운동장이 신났을 때

그때 네가 와줬더라면

정물로 굳어버린 웃음에게
엄마는 말을 계속 떠먹여요
저러다 배탈이 날 수도

말하는 법을
밥 먹는 법을
자꾸 까먹기만 하는 아이가
엄마를 만지작거리며 쉬지 않고 웃을 때

저 웃음을 거꾸로 들고 뒤집으면
슬픔이 조금은 흐를까요?

■ 시읽기

엔젤만 증후군은 1965년에 환아를 연구한 엔젤만(Angelman)에
의해 처음으로 명명된 유전 질환입니다. 행복해서가 아니라 뇌간
의 신경학적 문제로 웃고 있는 아이의 사진을 앞에 놓고 엄마는
자꾸만 말을 거네요. 별이 된 아이가 "쉬지 않고" 웃습니다. 엄마
가 웁니다. 온 우주가 슬퍼합니다.

서른여섯이라는 장르

억울한 것은 질기다
여름 가을 겨울 봄 그리고 또 여름
죽을 것처럼 울고만 살아도
계절은 다시 제자리로 돌아온다

소문을 따라 구경꾼이라도 올까
잠금 기능을 추가한 집에서
한 해, 울음으로 산다

자연이란 얼마나 호의적인가
함부로 흘린 시간을 묵묵히 인내하더니
커튼을 젖혀 창밖으로 유인한다
그만 접고, 이제 살자

보자기를 펼쳐 다짐을 싼다
묻지 못한 내 안부가 별안간 급해져
단골 사진관으로 차를 몬다
가는 해를 자축하며 증명사진을 찍는다
앨범에 꽂힌 얼굴들이

오늘을 위로받는 유일한 순간이다
그제서야 놓친 해를 찾은 거울 앞
빗질을 하고 입꼬리를 올리고
여백의 증명을 기다리는 삼십여 분
서른여섯이란 장르가 인화되어간다

■ 시읽기

억울한 감정만큼 질긴 게 있을까요? 화자는 분하고 답답한 심정으로 문을 잠그고 집에 들어앉아 일 년을 꼬박 울었다고 합니다. 이듬해, 서러운 울음소리 아스라이 사라진 쪽에서 봄바람 불어와 그의 눈물을 씻어주었다고 합니다. 창밖의 햇살은 눈부셨어요. 캄캄하게 드리운 커튼을 젖히며 화자는 다짐했지요. "그만 접고, 이제 살자"라고 말입니다. 그는 급하게 단골 사진관으로 차를 몰았다고 해요. 겨울에 죽은 나무를 버리듯 지나간 불행을 버리러 갔습니다. 그렇게 서른여섯에 찍은 증명사진에는 걸려 넘어진 돌부리보다 단단해진 마음이 인화되었습니다.

봄밤 옆

모월 모일입니다
흩어지는 연기 아래

이 모든 광경을 오늘은
침묵이 주관합니다

저녁 내내 매운 공기가
갑자기 조용한 것은
아꼈던 이에게 기별이 왔다는 뜻이죠

얼굴이 없는 아버지
말이 없는 형
잔을 채우고 탕이 오릅니다

한 시절이 끝나고
있어야 할 자리도 모르던 우린,
이제 보니 참 쓸쓸한 가족입니다

간소하게 차린 봄밤 옆에

지긋이 음복을 펼쳐놓았으니
오래 머무소서

■ 시읽기

『티베트 사자의 서』는 인간이 죽을 때 마음이 온화하고 선한 사람은 그 영혼이 가슴으로 빠져나가고, 고도의 영적 깨달음을 성취한 사람은 머리 정수리로 빠져나간다고 합니다. 임종 자리를 지키면 그걸 알 수 있을까요? 요즈음 노인들은 요양원에서 돌아가시는 분들이 많아서, 임종을 지키는 자식들이 드물다고 해요. 화자와 그 가족들은 아버지와 어떻게 이별했을까요?

"한 시절이 끝나고/ 있어야 할 자리도 모르던 우린,"이라는 대목은 아버지가 떠나간 빈자리를 메우지 못해 아파하던 가족들을 보여줍니다. 오늘, 가족들이 모여 "지긋이 음복을 펼쳐"놓았습니다. 기일은 돌아가신 분이 "기별"을 보내는 날이자 산 자와 죽은 자가 마음으로 대화를 나누는 날이지요. 허전한 빈자리가 조금씩 채워지는 따스한 봄밤입니다.

허무가 이사 왔다

새벽 어스름에 기대어
닦고 또 닦고

나이 자라는 소리가
온몸으로 붉다

가로로 길게 누워
뒤틀린 날들과 타협할 때

나직하게 들려오는 산사의 종소리
그만 나를 꺼내야 했다

어둠은 부서지며 말하고
슬픔도 잘 사귀면 이웃이라던데

나이가 자라는 틈새에
누가 새로 이사 든다

움직이지 않는 의자

푸른 하늘에 떠 있는 공 하나

공을 따라 안 보이는 발 하나

차도 차도 헛발질이네

눈은 살아 창 너머를 내다본다

지각으로 말 섞는 관계

나이 한 살을 더 보탠다는 게
거울 앞에서 자세를 고쳐 매는 일이라면
공경하는 마음 한쪽
그를 향해 이제 내어줄 수 있겠다

회색빛만 통과하는 출입구에서
어제 같은 우리를 다시 만났다

수줍어 떨고 있는 검은 눈초리를 안으며
"오랜만에 우리 뽀뽀나 한번 해볼까?"
물끄러미 섰던 아침이
느닷없이 수작을 걸어왔다

땅끝을 한 바퀴 돌아
치열했던 거기
가늘게 들추어진 속곳 사이로
푸른 반나절이 탱탱하게 여문다

먼 데서 올 손님처럼

우리는 가끔
지각으로 말 섞어도 좋은 관계다

비비추

말 한마디에 붙들려 산다

뜨거운 하나가 없어진 지 오래지만
애써 돌려놓기도 귀찮은 지점,

화단에는 예년보다 빨리 비비추가 와 있다

만취한 저녁이 지쳐갈 무렵
희미한 조명 아래서 홀쩍이는 아홉 시 반
당혹한 목소리가 불러냈다

"당신이 관 속에 눕는 순간까지 옆에 있을 거야"
만취한 저녁이었다
누구네 장녀 결혼식 뒤풀이에서였다

보랏빛 비비추가 돌아가고 가끔
그날의 목소리를 꺼내 듣는다

언젠가 관 뚜껑 닫히는 날이 덮쳐도

쓸쓸할 걱정은 없겠다

■ 시읽기

　말은 힘이 셉니다. 질기기는 또 얼마나 질긴지요. 좋은 말은 우리의 영혼을 새처럼 날아오르게도 하지만, 나쁜 말은 우리를 금간 유리처럼 위태롭게 합니다. 언젠가 가슴에 와 꽂힌 말이 문득 떠올라 찬물을 들이키고 싶을 때가 있지요. 좋은 말보다는 나쁜 말이 더 악착같아서지, 우리 속이 바늘 끝처럼 좁아서는 아닙니다.

　그러니 "당신이 관속에 눕는 순간까지 옆에 있을 거야"라는 고백을 심중에 간직한 화자는 얼마나 행복한 사람인지요. "보랏빛 비비추"가 피었다는 걸로 봐서 7월 아니면 8월의 어느 날이었겠습니다. 비비추의 계절, 문득 꿈꾸듯 행복한 표정의 누군가가 눈에 띈다면 화자일는지도 모르겠어요.

거울아

넓은 장소가 아니어도 된다

처음 하는 골똘한 생각에
아침 이전부터 일요일이 서성였다

간단하게 꾸린 가방을 메자
집이 멀어졌다
나만 빼고 세상은 푸른 신호등

어디든 가보자 툭툭,
비 갠 날이 어깨를 치고 갔다

버스에서 택시로 택시에서 지하철로
분식집에서 먹은 김밥 냄새를 닦는 거울 앞
크고 못생긴 울음이 예고 없이 터졌다

울음이 내는 기이한 소리는
거울을 지루하게 흘러내렸다

3부

영이야,

노란 여름

비상 버튼을 눌렀다

불안과 공포가 막고 있는 대기실
슬픔으로 가는 길은 없애야 했으므로

건물 난간에 올라간 당신이
스스로를 위협하려는 순간,
참았던 버튼을 눌렀다

현장 속으로 뛰어들 용맹이 절실한 때였지만
영웅이란 본디 귀한 것
유리 액자 안에는 영웅을 포기한 자격들이
지긋이 미소 짓고 있다

어둠으로 갈아 끼운 부엌 창가에서
놀란 손으로 사과를 깎는다

비누를 아무리 세게 밀어도
흐린 느낌에는

거품 한 방울 일지 않았고
사과는 껍질이 쌓여도 향을 내지 못한다

하루를 다 말하지 못해
잠 못 이루는 밤
당신 없는 난간에 내가 서 있다

■ 시읽기

"너 자신이 정말 강하다고 느낀 적이 언제야?" 소년이 물었습니다. "내 약점을 대담하게 보여줄 수 있을 때."라고 말(馬)이 대답했어요. "도움을 청하는 건 포기하는 게 아니야. 그건 포기를 거부하는 거지." 찰리 맥커시의 『소년과 두더지와 여우와 말』의 한 장면입니다. 이 책에는 다음과 같이 아름다운 대화도 있답니다. "이다음에 크면 어떤 사람이 되고 싶어?" 소년에게 두더지가 물었어요. "친절한 사람." 소년이 대답했어요.

도움을 포기할 정도로 약한 누군가가 건물 난간 위로 올라갔고, 화자는 비상 버튼을 눌렀습니다. 평소 친절한 사람이 되고 싶은 게 꿈이었던 화자는 자신의 친절이 무참히 실패로 돌아가는 현장의 목격자이기도 합니다.

그런가요? 사실 난간 위로 올라간 사람은 세상을 향해 도와달라는 말을 목이 터져라, 외치는 사람입니다. 그리고 '친절'은 "불안과 공포"를 무릅쓰고 "슬픔으로 가는 길"을 막는 유일한 힘이지요. 이 친절한 사람은 하루를 마무리한 밤에도 놀란 가슴을 진정시키기 어렵습니다. 비누 거품으로도 쉽게 씻어지지 않는 하루입니다. 급기야 그는 자기가 건물 난간 위에 서 있는 느낌이라고 고백합니다. 아슬아슬해진 우리가 비상 버튼을 누를 차례인지도 모르겠습니다. 거기서 그만 내려오세요, 친절한 사람이여! 영웅은 아닐지 몰라도, 당신은 누구보다 용감한 사람이니까요.

며칠만, 장마

어느 물 숲을 걸어서 오는지
주문한 장화는 배송이 하루 또 늦어지고

쏟아졌다 그쳤다
아침을 지렸던 장맛비가 안색을 바꿔가며
사연을 계속 들이부었다

두드러기처럼 번지는 습기를 어쩌지 못하고
흠뻑 젖은 길 위에 나가
며칠, 나는 불편한 여행자 흉내를 따라 하고 있다

영이야,

불렀어?
나, 죽음을 따라가려 하는데

해 뜰 때까지 누워 이야기를 짓던 밤,
도란도란 정붙이고 산 이름들
그땐 왜 숨어 보이질 않았는지

쓸쓸히 혼자 떠난 이름을 떠올려본다

어긋나는 줄도 눈치 못 챈 바보!
살면서 지은 죄가 쏟아졌다

두통이 돌아다니는 혈 자리들
불안을 잠재울 땐 흰 알약을 삼켰다

거절에 익숙지 못한 사람
뭐든 참고 오래 버텼다
뭉친 어깨를 회복하기엔 부족했던 밤
슬픔이 차올라 시체처럼 다녀도

정면은 늘 웃었다
미움받지 않으려 스스로를 누락한 죄,

죄라고 밀어붙인 오래전 그 이야기가
지금에 이르러 있다
엄마를 물려줄 때까지 조금만 더 살자

고마워! 영이야
영, 영

■ 시읽기

　서정적 자아의 발걸음이 평온의 사원이나 해탈의 사찰에 닿는
경우는 드뭅니다. 세속을 떠난 고요에 시의 언어란 불필요한 소음
이기 때문이지요. 하지만 달관과 초월에 미치지 못하는 마음은 늘
소란스럽습니다. 예컨대 시끄럽게 떠드는 내면의 소리 가운데 자
책보다 아픈 건 없습니다. 보다시피 화자는 '네 말 뒤에 숨은 의미

를 눈치채지 못하다니, 바보! 바보!'라며 수없이 자기의 무심을, 어리석음을, 영이와의 어긋남을 복기합니다. 이때 영이는 화자의 내면적 자아일 수도, 죽고 싶은 심정으로 살아가는 이들을 대표하는 사람일 수도 있습니다.

고통을 외면한 죄는 이어집니다. 그는 남들 부탁을 거절하지 못하고 뭐든 참고 버티는 미련한 사람입니다. 속에는 슬픔이 가득해도 웃음으로 남들을 대하노라면 결국 자기가 자기로부터 소외("누락")되고 말지요. 화자는 결국 이 모든 고통을 방치한 자신에게 유죄를 선언합니다. 그리고 죄의 삯은 "엄마를 물려줄 때까지 조금만 더 살자"라는 다짐입니다. "영, 영" 그는 아름다운 죄인입니다.

공 차는 소년

촉촉하게 젖은 운동장으로 달려가
소년과 함께 공을 찰까

젖은 아침이 그대로라면
무엇으로 닦아도
어떤 처방도 좋겠다

같은 마음으로 말하고
엉뚱해도 같이 웃어줄
누군가를 마중하고 싶다

아무 일 없는 날
아침이 훌쩍 지나가는데

마루에 나는 그냥 서 있다
젖은 기분을 좀 더 누리려고

우산이 없다
종일 젖는다.

설렘을 삭제하도록,

저에 대한 공정을 부탁하려 합니다
방금은 놓쳤다 말했지만 그보다는
놓고 싶을 때가 많아지는 게 문제입니다
오래 겪어 잘 알겠지만
잔나비띠인 저, 설렘을 건너다니며
아름다운 도착을 기다려왔습니다
동그라미 친 달력을 넘기며
상상놀이 했던 위치가 생생하게 기억납니다
기억을 돌이키면 일어나는 반점들
가려움으로 진화하는 반점을 긁다가
츄르 하나 챙겨 지하 주차장에 갔습니다
cctv가 말 못 하는 그날
나처럼 설렘에 문제 생긴 주인이
고양이를 놓고 떠난 자리
무성한 소문에 그늘이 움푹 패었습니다
주차하는 품속으로 뛰어드는 짐승에게
설렘 한 채 새로 지을까
지하를 다녀온 이후가 살짝 예민해졌을 때
화분이 저질러놓은 현장을 좀 보세요

구석 자리에 박혀 철모르는 화분이

지금 봄 맞지!

십이월 지상 위로 새싹 두어 장 보내놓고는

그 식구 지키느라 몸살을 앓습니다

중천에 뜬 해를 어찌 막으면 좋을까요?

몸살 난 설렘 식구만 빼고

나머지 설렘들 모두, 오늘은 조기 퇴근합니다

지금부터 내일 아침 출근 시간까지

모든 설렘을 삭제하도록,

■ 시읽기

이 시는 설렘을 간직한 경쾌하고 발랄한 화자와 설렘을 근본적
으로 불안해하는 경직된 화자 사이의 왕복으로 활짝 열려 있습니
다. 잔나비띠인 그는 이 나무와 저 나무를 건너뛰는 포유류의 성
격을 가진 사람답게 설렘과 설렘을 건너뛰며 아름다운 도착을 기
다려왔습니다. '설렘'으로 상징되는 그의 "상상"이 도착하는 곳은

독자의 상상에 맡기면서 말이에요.

"츄르 하나 챙겨 지하 주차장에 갔"던 날, 그는 버려진 고양이를 거두며 다시 설렘을 시작하고 싶습니다. 반면 "화분"은 화자의 내면이 투영된 사물로, 설렘을 불안해하며 무감함으로 되돌아가려는 그의 어른스러운 성향을 보여줍니다. "십이월 지상 위로 새싹 두어 장" 보내놓은 화분이 "그 식구 지키느라" 앓는 "몸살"은 사실 화자를 짓누르는 의무와 책임감의 다른 이름입니다. 이러한 욕망의 절제가 이 시에 애틋한 인품을 부여합니다. 직장에서의 하루를 끝내고 "내일 아침 출근 시간까지/ 모든 설렘을 삭제"하고서 그는 집으로 즐거운 퇴근 아닌 다시 고단한 출근을 하려는 걸까요?

빨강 머리핀 여자

예뻐져야 살 것처럼
날마다 조금씩 바뀌었다

식물로 변한 외아들이
여자를 떠난 뒤부터 그랬다

8자 장롱과 온 집안을 흔들어
고운 옷만 골라서 입고
변장을 부린 낯은 들떴다

달라지면 내일이 올 거야
과거를 싹 다 없애버리자

빨강 머리핀을 꽂고 나타난
오늘 저 여자,
구석에 앉아 창밖으로
눈길을 버리고 있더라

별, 어디 있어요?

수년간 고인 나를 드러냈을 때
농담인 듯 진담인 듯 푸는 사람 있었다

그 별 내가 만들어줄게
터무니없는 말이라 여기면서도
밤이면 머리맡을 더듬는다

전국 방방곡곡 손재주 있는 곳에
윙크라도 쏘아 올려야 하나

간절함이 길을 헤매는 동안
누가 대신할 수 없는 세상도 있다며
갇힌 세포들이 빠져나왔다

페튜니아에 들뜬 거리가 출렁거리고
채송화는 뾰족한 손으로 저요!
질문을 쉬지 않고 뽑는데

간절한 것은 어디에도 있다

새 명령어를 입력한다

커밍아웃

스무 살에 집을 나왔다
여자로 사는 꿈을 꾸었다

잠들지 못한 밤과 손목에 그은 나이테를
미소 속에 감춰두었다

봄은 냄새만 요란할 뿐,
검은 뿔테 안경 너머엔 갇힌 말들이 웅성거린다

허리 밑까지 늘어뜨린 긴 생머리
매니큐어를 바른 손톱
하늘색 원피스도 제법 잘 어울린다

어느 집 장남에서 장녀로
새 퍼즐이 완성될 때까지 저문 스무 해

검은 뿔테 안경과 모자를 벗고
민낯으로 외출하는 날
세상은 아무도 알아채지 못했다

우리 사회는 여성의 성에 엄격했던 가부장적 보수주의, 즉 남성 중심적인 성적 자유주의가 만연한 시대를 건너왔습니다. 결혼을 중심으로 한 성적 기준이 강력하게 작동하는 한국 사회에서, 여성이 성적 욕망을 노출하는 것 자체가 평판의 하락과 성추행, 성폭력을 불러일으키는 치명적 실수이기도 했습니다. 이제 여성의 섹슈얼리티를 결혼한 남성이 소유한다는 성적 보수주의를 웬만큼 벗어난 듯 보이나, 이성애와 관련한 문화적 모순이 여전히 잠재하지만 말입니다. 그런데 이 시는 새로운 성적 갈등에 관해 이야기하고 있습니다. 그것은 육체적 관계나 생물학적 성이 아닌 제3의 성 정체성을 가리킵니다.

'커밍아웃'이란 제목이 "어느 집 장남에서 장녀로" 퍼즐이 완성된 그(녀)의 삶을 명시합니다. "손목에" 자해의 흔적이 숱한, 죽을 만큼 고통스러운 성입니다. "검은 뿔테 안경과 모자를 벗고" 민낯으로 외출하는 그(녀)를 "세상은 아무도 알아채지 못했다"라는 말이 세상 누구도 그(녀)를 알려고 들거나 이해하지 못했다는 소리로 들립니다. 완성된 그(녀)의 "새 퍼즐"이 가지런하고 단단하기만을 바랍니다.

겨울에 핀 개나리

사는 동안 몇 개의 발작을 살려낼 수 있을까

살고 싶어 발작하고
울고 싶어 발작하고
죽을 때까지,
사랑하는 발작도 멈추지 않을 예정인데

진정제 한 알을 삼키고 잠드는 행운이
어쩌면 여기서 비롯됐다는 사실을
웃었다 희미하게

피가 돌지 않는 계절을 찾고 있다
아는 지도에는 내가 없어서
1월을 세 칸 겨우 옮기고 돌아섰던 날

낮은 포복으로
담쟁이넝쿨에 숨어 움직이는 개나리가
부끄러운지 고갤 돌린다

짧은 겨울이 소문난 담벼락
그 자리를 기억한 개나리의 똑똑한 발작에
진짜 개나리 맞아?
사람에게 신이 물었다

여러 차례 눈을 비비고
고개를 길게 빼 공중정원을 걸어본 이들에게
꽃은 약속을 했다지 아마

봄 군락이 돌아올 동안만 발작하는 걸로

질문이 비워지면

김장을 지웠다
내친김에 설도 지웠다

평생 다그쳤던 기도의 끝이
이렇게 간단하단 말인가

일 바깥에 서보는 소원을 움켜쥐고
원 없이 아픈 지금,

말을 잃고 웃음도 잃고
세상과 거리를 둔 여러 날
사는 동안의 누추함이 한 발 뒤로 물러나며
생떼를 부린다

화투패 던지는 소리와
바둑알 구르는 소리가 따라와 잠든 산중
하얗게 질문이 비워지면
삭발한 봄이 먼저 말 걸어올까
달빛이 산벚나무 한 그루를 주무르고 있다

■ 시읽기

　미국의 계관 시인 메리 올리버는 "결국 세상엔 몇 가지 이야기 밖에 없다. 사악함에 대한 이야기, 선에 대한 이야기, 사랑에 대한 이야기, 시간에 대한 이야기"라고 말합니다. 메리 올리버의 기준에 따르자면 이 시는 시간에 대한 이야기거나, 어쩌면 시간을 전혀 모르는 사람의 넋두리입니다.

　머릿속에서 김장도 지우고 내친김에 설도 지웠다는 말을 뒤집으면 '그동안 가사를 포함한 노동에서 잠시도 벗어나 본 적이 없다'가 됩니다. 할 일이 없어서 시간을 어떻게 죽일까 고민하는 호사 따위, 언감생심인 삶입니다. 쉼이나 여유는 시간이 만들어낸 가장 아름다운 장신구입니다. 장신구 하나 없이 헐벗은 이 여인에게 시간이란 지긋지긋한 의무나 책임감 외에 아무것도 아닙니다. 병이 들어야만 산사를 피난처 삼아 쉴 수 있다니요. 화투 치고 바둑 두는 사람들, 다 놓아두고 이리로 오세요. "달빛이 산벚나무 한 그루를 주무르"듯, 저 고단한 어깨를 시원하게 안마해주자고요.

울음의 뒷면

참고 참다가
더는 참아지지 않을 때
세제 잔뜩 묻은 고무장갑을 벗어 던지고
거울 앞으로 뛰어가야 했다

버티며 오지 않는 행운에 대한 부당함
살기 싫은 날들을
죽여버리겠다는 충동 조금
구석지고 게으른 나를 황급히 데리고 풍덩,
거울 속으로 뛰어들었다

처진 입술과 사라진 눈꼬리에 선을 그려 넣고
아 에 이 오 우 서너 번으로
표정 사이에 낀 주름을 드르륵 열고 다시 걸어 나오면

어느 생에서 인용해 온 착한 문장처럼
살고자 하는 힘은 웃음을 풀어놓았다

삶이 길어진다는 것은

거울 앞에 설 일에 대한 비보를 엿들으며
인위적인 꿈을 반복해서 꾸는 일

하지만 웃음이 많아지는 날은
언제나 필독서로 나를 흔든다

■ 시읽기

내가 남을 위해 살 때 삶은 '의미' 쪽으로 기울고, 반대로 '행복'
은 남이 나를 위해 살아주는 데서 온다고 합니다. 의미가 '나'를 행
복으로 이끌 수는 있겠으나, 그런 신성한 삶이 아무한테나 허락되
는 건 아니라고 해요. 그렇더라도 행복만으로 이루어진 삶은 자칫
공허합니다. 의미로만 채워진 삶도 불행하기는 마찬가지입니다.
자식을 위한 희생이 기꺼운 부모도 어버이날 아이가 학교에서 만
들어 온 종이 카네이션 하나에 기쁨이 샘솟기 마련이니까요. 남 보
기엔 내내 웃고 다닐 화자의 얼굴이 온통 눈물로 얼룩진 것처럼 여
겨지는 이유입니다.

"착한 문장처럼/ 살고자 하는 힘은 웃음을 풀어놓았다"라는 고백은 행복을 모르는 바보처럼 그저 웃었다는 소리로 다가옵니다. 제목 '울음의 뒷면'은 웃음의 이면을 가리킬 테고, 사람들에게 보여주는 화자의 웃음은 자신의 부조리한 삶을 감추려는 방식이자 그의 질긴 페르소나이겠습니다.

4부

애인이라는 직업

어떤 삽화

하트를 그려놓았다 누가

이른 아침에게 들킨 저 고백
오후쯤이면 바닥에 붙고 말 텐데

마음을 푸는 사람
마음을 품은 사람

모두 꽃 비슷한 얼굴이 되어
나무 아래 무엇을 놓고 간다

그 밖에 알려지지 않은 또 누가
옆에 있다 가려 하는가?

절절함이 끝나고 있다

변심을 서두르는 하늘아
호흡 가빠진 구름아
비 안 올 확률 0%

기다려줄래
들뜬 기분 재울 때까지만

소파가 있는 집

어른이 되면 이루고자 한 집이다
구석이 환하고 창이 넓은 집
혼자 있는 아이를 관심 밖에 세우지 않는
누구나 없지만 난 그 집을 믿었다

흙빛 마루가 차지하던 자리에
가죽 소파가 늠름한 거실
엄한 아버지는 다정한 아빠가 되고

시원한 물 콸콸 쏟아지는 마당에는
물봉숭아 수국 맨드라미 채송화 칸나
깔깔대는 꽃들에게 여름이 온다

밥 냄새가 수평으로 퍼지는 저녁
감사하는 마음 넉넉하고
마주 보는 시선이 은근하다

의자를 밀어 넣어 고요한 밤까지
주말 연속극 최종회처럼

흐린 시력에도 해피엔딩 자막이 오른다

해가 흩어지는 대문 밖에서
신발 소리에 귀를 활짝 열던 아이가
소파 있는 집으로 들어가
어른이 되어가는 과정

뒷이야기 정리하며 과거를 빼먹는 동안
소파가 놓인 자리 그쪽에서
가끔 집이 울고 있다

■ 시읽기

　화자가 종국에 페이소스를 불러오는 집을 꿈꾼 건 분명 아닐 거
예요. 그가 믿은 집은 창이 넓어 구석조차도 환했어요. 화단에 핀
꽃들처럼 가족들의 웃음이 피어나고, "밥 냄새가 수평으로 퍼지"
듯 엄하되 권위적이지 않은 부모의 사랑을 햇살처럼 쪼이며 아이

가 자라는 집을 그는 소망했던 거예요. 그런 의미에서 '소파'는 권위를 표상하는 사물이자 그것이 놓인 거실은 화자의 현실적 한계를 암시하는 부정적 공간입니다. "소파가 놓인 자리 그쪽에서/ 가끔 집이 울고" 있음은 비극이 출몰하는 화자의 내면 풍경을 전제하고, 그 배후에는 '소파'를 둘러싼 실존적 정황이 울음의 근거를 이루는 거지요.

화자의 이상적 맥락 속에서 소파를 중심으로 한 집은 유토피아였습니다. 아시다시피 유토피아는 현실에 존재하지 않습니다. 외려 소파는 가족들 위에 군림하는 남성적 권위를 상징하고, 이 집의 비극은 공감이나 연대와 무관한 소파로 인해 따뜻하고 자유로운 여성성이 기각된 데서 비롯합니다. 그런즉 '울음'은 '소파'가 가하는 압력에 대한 여성 화자의 소극적 거부이자 저항입니다.

드라마는 계속됩니다. 모성적 여성성으로 전통적 억압을 품어 이기는 극적 반전을, 이들의 해피엔딩을 기대합니다.

심심한 밤

또 홀로 납시었네

어제도 혼술
그제도 혼술

수줍음엔 나이가 없나봐
스물보다 연한 칠순 언저리

그가 속한 밤은 왜
그에게만 완강한지

함께 휘청거려줄 밤은
어디서 떴다 지는지

별자리를 따라 깊어지는 골목

여름을 건넌 옆집 울타리에 와르르
넝쿨장미 사태 났다

애인이라는 직업

모닝콜이 울린다
이제는 무뎌진 시절인가 하면서도
잘 잤소?
안녕을 확인하는 인사에서 출발
매화 안부를 거쳐
하루 사용 설명서를 가슴에 첨부한다
춤추는 마음이 닿은 지금까지
애인이라는 이름을 가진 이들은
그들만 아는 세계에 빠져 흡족하다
세상 창들이 개방되는 오전
급하게 처리할 업무는 없지만
쏟아지는 땡볕에도
의지를 시험하는 따가운 눈총에도
출근 명부에 공란이란 없다
지팡이에 기대 걸음을 옮겨도
꽃을 기다리는,
그 사람 직업은 애인
온화함과 성실은 애인이 지녀야 할 덕목
냉장고 층층마다 손맛을 저장하고

뽀송뽀송 빨래가 마른다
잘 숙성된 눈빛을 시급으로 받으며
봄물에 젖다 빠져나온 저녁,
애인은 얼굴을 바꾼다

■ 시읽기

패놉티콘(panopticon)은 제러미 벤담이 제안한 원형 감옥입니다. 그리스어로 '모두'를 뜻하는 'pan'과 '본다'를 뜻하는 'opticon'을 합성한 패놉티콘은 소수의 감시자가 자신을 드러내지 않은 채 모든 수용자를 감시할 수 있는 형태이므로, 수인들은 단 한 순간도 감시자의 시선에서 벗어날 수 없습니다.

현대인들은 감옥에 갇힌 게 아님에도 자기만의 골방을 갖기가 불가능한 시대를 살아가고 있습니다. cctv를 말하는 게 아닙니다. 섬이나 오지를 불문하고, 심지어 벌거벗고 있는 목욕탕에서까지 전화벨은 울려댑니다. 타인을 살피는 "세상의 창들"은 24시간 열려 있고, '타인은 지옥'이라는 사르트르의 말이 아니더라도 우리는 온전한 '나'로 침잠할 여유가 허락되지 않는 수인들인 게지요. 그러므로 "온화함과 성실"이란 덕목을 갖추고 "애인이라는 이름을 가진 이들"을 흉내 내볼까 합니다. 집에 돌아와서는 "냉장고 층층마다" 손수 만든 음식들로 채워 넣고, "뽀송뽀송 빨래가" 말라가는 정경을 흐뭇하게 바라봐도 좋겠습니다. '나'는 가족의 사랑스러운 애인이라는 설명서는 부록입니다. 이 눈부신 열정에는 개인적 결단이 도사리고 있어야 합니다. 애인은 태어나는 게 아니라 만들고 벼리는 신분이니까요.

장미촌

떨어지는 꽃잎이 바람을 물고 있다. 바람을 물면 어디로든 갈 듯한데, 자신의 골목을 벗어나지 못한다. 골목이 키운 웅덩이에 처박힌 오늘, 오늘은 꽃잎을 뱉어내고 꽃잎은 어제를 뱉어내고.

거기, 하늘이 있다

운동화 끈을 조여 매고
허술한 담을 훌쩍 뛰어넘었다

탈출 성공!
웅크렸던 어깨에 피가 돌았다
매 순간을 흥분시키는 맛

가을 국화가 맞절을 청했다

탈출을 알아차린 주소가 액정화면에 맴돌아도
시치미 떼면 그뿐
가까이에 하늘이 있으니까

행인의 짐수레가 경쾌하고

붉은 신호에도 은행나무가 출렁이는 계절

자욱하게 물드는 풍경이 있다

쓰다듬어준 적 한번 없는 뒤통수와
쉰내 나는 속말이 쉬어가도록
탈출에 성공한 시간을 버티고 있다

아늑한 조명 아래 무릎 담요 덮고 앉아
거기,
하늘에 골똘하고 있다

좋은 사람

한 방향으로만 흐르는 사람이 있다

치매 앓는 부인의 세월을 함께하며
매 순간이 고된 훈련 쌓기로 이어지는 나날
서로를 기대는 소리가 훈훈해서
볼 때마다 커피 맛이 훌륭해진다

날씨에 빗대어서라도 툭 터질
불평 한마디를 기다려보는 여러 해
팔월 땡볕에도
갑작스레 쏟아지는 소나기에도
흔들리지 않는 낯빛에서
향이 터질 것만 같다

지팡이에 의지한 몸이 풀썩 주저앉아
바닥 위에서 쓸쓸했을 순간
어느 골짜기에 참았던 문장을 준비해두었을까
무료가 겹으로 접히는 오후
전화벨이 크게 울렸다

밀려오는 먹구름을 쓸어내리며
좋은 사람을 기록하는 일은
삶이 흐르고자 하는 방향을 돌려놓았을 수 있겠다

■ 시읽기

치매 앓는 부인과 오랜 세월을 함께한다면, 남편에게는 "매 순
간이 고된 훈련 쌓기로 이어지는 나날"이 아닐는지요. 남편의 일
방적 희생만이 있다면 이 부부는 불행했을 테지요. 하지만 남편은
아픈 아내를 돌보고 아내는 건강한 남편의 의지가 됩니다. 때문에
"한 방향으로만 흐르는 사람"이라는 표현은 아내를 대하는 남편
의 한결같은 정성을 나타내지만, 둘이 하나로 합쳐져 나뉘지 않았
다는 의미로도 읽힙니다.

"지팡이에 의지한 몸이 풀썩 주저앉"던 사람은 부인이었을 테
지요. 화자는 황급해하는 남편의 전화를 받은 모양입니다. 이 부
부를 위기에 빠트린 먹구름은 걷혔을까요? 이들을 지켜보던 누군
가의 삶이 '좋은' 쪽으로 방향을 바꿨을까요?

바이폴라*

이 이름을 따라가면
양볼 가득 말을 우물거리며 다니던
한 여학생이 산다

꽃말 우르르 몰려올 때쯤
조금만 먹고 조금만 움직이고
생각도 조금뿐인 아이는 길을 잃었다

길가 나무 벤치에 앉아
나를 잊고 학교를 잊고
분초를 다투어 달라지는 표정들
불평을 먹고 불면이 자랐다

차갑고 단단한 꽃말보다
따스한 눈빛을 기다리는 한때일까
너무 늦은 질문이 아니기를,

그 아이의 수다로 만들고 간 매듭 팔찌,
여름에 갇혀 낡아가고 있다

* 조울증 혹은 양극성 정동 장애

■ 시읽기

　양극성 정동 장애를 앓는 이가 "양볼 가득 말을 우물거리며 다" 닌다면 그는 조증 삽화 시기를 지나는 중입니다. 말보다 생각이 더 빠르게 떠오르고, 목소리가 크고 말의 속도가 지나칩니다. 말 을 자르거나 중단시키기 어려워 몇 시간 동안 계속해서 떠들어야 하지요. 그러다가도 "분초를 다투어" 표정이 바뀝니다. 시소의 기 울기가 반대로 기울 듯, 그는 이제 우울증 삽화 시기를 견뎌야 합 니다. 이 시기의 환자는 "조금만 먹고 조금만 움직"입니다. 몸에 기 운이 없고 처지는 증상을 호소합니다.

　바이폴라를 병명으로 가진 아이가 수다를 떨며 팔찌를 만들고 간 후 돌아오지 않네요. 아이는 이제 울증이 아닐까 싶습니다. 좀 더 따스한 눈빛으로 그 수다를 넉넉히 품어주리라, 화자는 내내 목이 깁니다. "여름에 갇혀 낡아가고 있"는 게 팔찌가 아니라 아이 만 같은 거지요.

내레이션

자명종 켜놓고 콩나물 밭 따던 때입니다
검지를 세우고 예의를 강조했지만
마주 앉으면 마법처럼 술술 이야기가 풀리는
훈훈한 장면에 그들이 앉았습니다

모든 날이 대체로 훈훈해서
불편한 미래를 상상한 적 없을 텐데

단순한 습관이 문제일까요?

무엇을 심어도 싹 틔울 어느 봄날
상황에 떠밀려 역할 하나가 맡겨집니다
그도 그녀도 처음 해본 역이지만
한때는 두 손 꼭 모았을 겁니다

계절에 어울리는 기출문제를 풀고
지혜를 구할 때면 말이 많아졌습니다
서로의 역할극에 기대한 바 있겠으나
그들은 지금 문제를 앓습니다

함께했던 구수한 된장찌개는
식탁을 떠난 맛입니다
댕 댕 댕! 자명종 소리를 들어도
콩나물은 입을 다물었죠

묻습니다
이대로 계속 가야 합니까?

■ 시읽기

　20세기 피아노 음악의 거장 러셀 셔먼은 뛰어나지 못한 피아니스트는 한 손으로 연주한다고 말합니다. 그런 연주가 만들어내는 건 부드럽건 거칠건 무질서한 소리의 혼합일 뿐이라면서요. 우리가 아는 피아니스트들이 대부분 두 손으로 연주하므로 러셀의 말은 비유입니다. 뛰어난 연주란 피아니스트가 두 손으로 혹은 "네 손으로" 하는 것처럼 각각 다른 영역으로 조화를 이루는 거라고 말이에요.

그와 그녀가 "마주 앉으면 마법처럼 술술 이야기가 풀리"던 그 때로 돌아갈 수는 없는 걸까요? 이들의 관계는 흉하게 비틀어져 있거나 고정된 중심축이 무너져 내린 모습을 하고 있습니다. 러셀의 말을 빌리자면 예전 둘의 연주는 환상과 현실이 빚어낸 '기교'였습니다. 그러다 "상황에 떠밀려 역할"을 맡음으로써 기교는 지루하게 반복하는 '기능'으로 전락하고 말았군요. 묻습니다. 이대로 지루한 기능을 계속하려는지요?

검정 해바라기

날 위한 미역국은 끓이고 싶지 않다

이마저 생략하면
깨알 같은 내일이 글썽일까?
퉁퉁 불린 짠내 곰솥에 가두고
푹푹 밤을 고우고 있다

알람이 울지 않는 다음 날
오는 생각들 모두 밖으로 내보내고
머리에서 발끝까지
의자에 기댄 몸을 귀찮게 도왔다

꽃잎 한 장 무게를 팔아서라도
나를 들키고 싶은 날
마지막 계단을 오르며 그날
해바라기는,
키가 많이 컸을 거야

저녁을 덮었다

늦은 저녁이 완성됐다
국을 푸고 밥을 푸고
소음이 나가지 않았을 리 없는데
수저라도 놓겠다며 이때쯤 나타나던 당신
얼씬하지 않는다

휑한 거실 지나
빼꼼히 들여다본 안방
백발 아이 하나 순하게 잠들어 있다

보여줄 일도 볼 일도
평생 처음인 광경에
서둘던 걱정이 쏟아지고 말았다

깨울지 말지
빈자리에 마주한 식탁
수다가 생략된 저녁을 그냥 덮었다

오늘은 빈손으로 갔지만

다시 찾아올 긴긴 단잠
사이좋은 수다 푸짐하게 준비해놓으면

혹시,

■ 시읽기

식탁을 차릴 때 "수저라도 놓겠다며 이때쯤 나타나던 당신"은
"백발"의 노인입니다. 오늘, 노인은 도움을 거른 채 안방에 잠들어
있습니다. 그 모습이 왜 "평생 처음인 광경"인 건지 이 시는 더 이
상 설명하지 않습니다. 다만 "백발 아이 하나 순하게 잠들어 있다"
란 데서 노인을 대하는 화자의 부드러운 마음과 태도가 짐작될 따
름입니다.

다음에는 "사이좋은 수다 푸짐하게 준비해놓"겠노라 화자는
다짐합니다. 마음은 기쁨을 심어 슬픔을 지우고 감사를 심어 불만
을 무기력하게 만듭니다. '사이좋은 수다'를 심어놓은 마음은 후에
무엇을 거둘는지요.

5부

드라세나자바

꽃무늬 원피스

개처럼 밤을 지키는 나는 간혹,
꽃무늬 원피스가 어울렸던 곳 찾아내
핀셋으로 뽑고 있다 요즘

푸른색이 잘 어울렸던 그가,
푸른 티 한 점 이제 남지 않은 그가,
두려워 피하던 고요를 이마까지 끌어올리고
아무 탈 없는 척 잠들어 있다

기성복으로 맞이한 사람
맞춤복인가 종종 헷갈리는 사람
그가 죽은 듯 쓰러져 자고 있다

언제부터 잠과 죽음은
저렇게 닮아 있는가?

보지 않아도 될 장면에 눌러앉아
잠에 난 상처를 건드리고 말았다

　푸른색이 제법 잘 어울렸던 남편에게서 "푸른 티 한 점 이제 남지 않"았음을 발견하는 아내란, 어느새 자신도 "꽃무늬 원피스"가 어울리지 않는 나이라 우울하기가 쉽습니다. 부부로 살아온 세월이 만만찮은 이때쯤이면 남편이 딱 맞는 "기성복"이라 여긴 건 '나만의 착각'이었음을 알게 되지요.

　그렇더라도 '나'만 그에게 맞춰준 게 아니라 '그' 역시 나에게 맞춰왔음을 깨닫는 마음이 연민을 불러옵니다. 연민은 "상처"가 성숙의 조건임을 압니다. 결국 부부의 처음은 사랑과 정열이고 그 나중은 연대와 연민입니다. 예전보다 약해진 배우자에 대한 대책 없는 연민이 둘의 연대를 환하게 밝힙니다. 사실 '그'는 "고요를 이마까지 끌어올리고" 잠든 게 아니라 아내의 애정을 덮고 잠든 게지요. 그를 꿈으로 데려가는 따뜻하고 포근한 이불을 말이에요. 불면증에 시달리는 화자도 얼른 그 달콤한 꿈의 길을 따라갔으면 좋겠습니다.

드라세나자바*

얼마나 흘렸을까
수만 개 초록 귀가 있다는 진실을

생각나면 물 한 바가지 끼얹어주며
동고동락해온 그와는 편편한 이웃 사이

소재를 물고 매일 찾아오는 족속들이
다리 펴고 앉아 입안 가시를 뽑았다

없는 사랑을 크게 내지르는 오후
처음부터 듣고 있었다는 오늘
초록 귀 한 짝을 의미 있게 내밀었다

웅크린 외로움에 밤이면 치를 떨다가도
인기척 나는 곳이라면 어디든
각을 세우는 너

초록 평생을 그렇게 다 쓸 작정이라면

산 날을 지우고 또 지우는
우렁찬 너와
흰머리 곧 우거질 나, 겨울 숲으로
함께 가보지 않으련

* 반음지성 공기정화식물

청색 지대

긴장과 설렘을 같이 쓰는 월요일
검정 뿔테 안경을 쓰고
검정 코트를 걸치고
예약도 없는 날에 그이가 찾아왔다
혼자라는 단서를 길게 늘이고

주머니에 감춘 손을 끝까지 보인 적 없지만
달라진 온도가 말보다 무거울 때 있다
혼자 하는 외출이라니
익숙한 것에서 1도만 기울어져도
상상은 이동하려는 본색을 드러낸다

달맞이 504번 길 언덕 어디에
돌풍이라도 한바탕 불고 지나갔던가
건장했던 가장이 무너졌던 날
한 가정이 모셔 온 평화는 그날로 종결되었다

함박웃음을 소원했을 뿐인데
기도는 잘못된 해석으로 남아 있고

웃을 기회를 빼앗긴 그이가
하루에 대여섯 번 주소를 지우는 것은
사북을 찾아가는 일
휘파람 소리가 끊어진 구간이다

■ 시읽기

　고대인들은 물·불·공기(바람)·흙(대지) 이 네 원소를 세상
의 근원으로 이해했습니다. 아리스토텔레스는 여기에 하나를 더
해 '제5원소'를 이야기합니다. 그에 따르면 사람이 사는 세계가 앞
의 네 원소로 이루어져 있는 반면, 이 물질은 하늘을 채우고 있습
니다. 초월자가 있는 하늘(Heaven)이 아니라 물리적 공간인 하늘
(sky)이 제5원소로 이루어져 있어서, 그래서 하늘은 마냥 푸르른
걸까요?
　검정 뿔테 안경에 검정 코트를 걸치고 예약도 없는 날에 찾아온
'그'는 까마귀와 같이 어두운 이미지입니다. 때문인지 그가 제5원
소로 이루어진 지대에 발을 딛고 있는 것 같지는 않습니다. "달맞

이 504번 길 언덕" 어디쯤에서 무너진 그는 제목으로 미루어봤을 때 청색증을 앓고 있는 환자입니다. 청색증은 피부와 점막이 푸르스름한 색을 나타내는 병으로, 그 원인은 여러 가지입니다.

가장이 병으로 무너진 그의 가정은 한바탕 돌풍이 휩쓸고 간 폐허 같습니다. 웃음도 주소도 지운 그가 자꾸만 찾아가는 사북은 어디일까요? 근현대사 속에서의 역사적 사북인지, 그만의 서사를 간직한 개인적 사북인지 우리는 알 수 없습니다. 다만 "휘파람 소리가 끊어진 구간"을 지나야만 가닿을 수 있는 적막한 사북입니다.

온통 연두다

해마다 이맘때 오는 손님
시린 발목을 가만히 참다가
고맙고 기특해 눈이 닳았다

오래 아팠던 벗에게
연두 한 장을 그려 보내고
손가락을 접어 기분을 세는 동안

아기 손톱만 한 그것,
공중으로 입을 점점 떠벌렸다

오늘부터 저녁 언어는 그만

햇살 한 줌
펼쳐놓은 오후에

봄 기척 환하다

가족 사용 설명서

앉아 엎드려 손 발 기다려 먹어
생존언어 몇 개만 알아들어도
평생이 컹컹 봄날인 짐승에게
찰지도록 멕이는 사람 말이 있다

돌아서면 아득해 애태우는 말
귀 쫑긋 세우고 때 없이 기다리는 말
그 어디에도 사용법이 없어
먼지 한 톨 없이 보관되었던 말

장례지도사가 마지막 인사를 강요하던 그 새벽
모르는 말 쥐고 주물럭거릴 때조차
천천히 세상을 끌며 떠났을 당신,

때를 놓친 그 말이 자라
여러 해 가을이 지났습니다
상실을 차려입은 식구가 모두 모인 가운데
평생을 모아 고백합니다

사랑합니다

■ 시읽기

 '사랑한다'는 고백은 말의 깊숙한 곳에 자리한, 말의 은밀한 속살입니다. 그래서 키우는 짐승에게는 "찰지"게 "멕"일 수 있을망정 사람에게 들려주기 힘든 말이 '사랑한다'지요. 사용하지 않은 채 "먼지 한 톨 없이 보관"만 하던 이 말을, 세상 떠나는 사람한테까지 입안에만 넣고 굴렸던 이유입니다.

 제대로 익혀놓지 않은 '사용설명서'는 정작 필요한 순간에 무용지물입니다. "천천히 세상을 끌며" 떠나는 사람일지라도 죽음의 사자를 무작정 세워둘 수는 없는 법이니까요. 이제라도 사랑한다는 말을 선반에서 꺼내 먼지를 털고 사용합시다. 사용설명서에 이렇게 적혀 있군요. "미루지 말고 당장 사용하시오!"

탱고를 추는 여름

달달한 밤이었다

여름을 잡히고 꾸어온 하루가
잠들어 있다

비린내라면 천리 밖으로 도망쳤던 부엌이
바다를 풀어 고등어 떼를 잡는다

밑이 활활 단 프라이팬에
기름 냄새를 휘저으며
물좋은 고등어가 아침을 톡톡 건드리고 있다

손을 물고 늘어지는 가시들 틈에서
1인 가구가 살점을 주워내는 동안
탱고를 추는 여름이 녹음 위로 올랐다

레일을 쫓는 텅 빈 눈에
고등어 뼈가 남아
아쉬운 기억을 흔들어댔다

정수리에 멈춘 시간은 상행선에 탑승하고

겨울 왕국

영화처럼 아름다운 배경은 아니다
할 말이 없는 사람
할 말을 잃은 사람
입술은 시퍼렇게 질린 후였다

배낭족이 모여 기차를 타는 휴일
박제된 가을만이 내 몫인가
별자리를 모두 잃은 그때
난 고아이길 원했다

사랑하는 가족들
중간고사 꽃말을 알려준 후배
걸음마 이후 믿고 의지한 신까지
다음 편 내 이야기에
빙하시대가 올 수 있다며 왜,
왜, 아무도 말해주지 않았을까

쓸쓸한 영혼에 홀린 시간
저기요! 하며 누가

손목시계라도 보여줬더라면
지금도 영화 속 구경거리였을 한 장면
클래식을 연주하던 손가락은 건반을 떠났고
그제보다 어제 어제보다 오늘
얼음에 갇힌 날을 매일 조금씩 꺼내야 했다

얼마의 시간을 덥히고 덥혀서
남은 왼발마저 꺼내 올 수 있을까

■ 시읽기

"별자리를 모두 잃"었다는 건 모든 희망이 사라졌음을 암시합
니다. 차라리 "고아이길 원했다"니, 그때부터 화자의 삶은 혹독한
빙하기로 접어든 모양입니다.

타고르의 『기탄잘리(Gitanjali)』는 '신에게 바치는 송가'라는 뜻을
가진 시집입니다. 기탄잘리 14편은 다음과 같이 아름다운 고백으
로 이루어져 있습니다. "내 욕망은 산더미 같고/ 내 울음소리는 처

절했으나/ 님은 언제나 무정한 거절로 날 구원하셨으니/ 이 엄하고 엄한 님의 자비는/ 내 온 생명 속에 깊이 스몄습니다"라고 말이에요. '산더미 같은 내 욕망을 거절함으로써 나를 구원하셨다'란 고백에 이르기까지, 이 인도의 시인은 얼마나 오랜 시간을 "얼음에 갇"혀 괴로워했을까요?

「겨울 왕국」의 화자는 미래에 "빙하시대"가 도래할 것임을 왜 아무도 알려주지 않았는가를 질문합니다. 원망에 가까운 어조입니다. 그는 현재 엄하고 엄한 님의 자비 속에서 처절한 울음의 나날을 보내는 중인지도 모르겠습니다. "얼음에 갇힌 날을 매일 조금씩 꺼내"고, "덥히고 덥혀서/ 남은 왼발마저 꺼내"기를 희구(希求)하는 모습이 간절한 기도만 같습니다.

한때는 봄이었다

할 일을 다하고 떠난 목련이
제 나무 아래 수북하다

저기 걸어오는 비질에
가던 길을 접고

꽃이었던 시간
자꾸 눈이 붓는다

두근거리는 첫날이
어제는 어제만큼
오늘은 오늘만큼 몸 바꿔놓더니

흙빛으로 전부를 닫았다

한밤 이야기

스스로를 파먹는 일이다
날 위해 쓴 내역이 없다는 것은

톡톡, 볼펜 꽁무니를 건드리다
뾰족한 무엇에 찔린 밤
주춤거리는 나를 데리고 밖에서 서성인다

입 안 가득 말이 무거워지면
꽃내를 찾아오는 곳

어떤 사정이라도 받아줄 듯
그 환한 표정이라니
사랑이 여럿이면 이별도 여럿일 텐데

그 밤, 우리를 유인한 불빛은
기적으로 가는 입구

흐르는 안개 사이사이에서
주춤거릴 때 건네주는

분홍 데이지 한 묶음

오래 파먹히며 살아온 날 중에
밑줄 그은 한밤의 이야기!

슬픔 반대쪽으로

그날 우리는

한겨울 버금가는 냉기를 알아챘지만
의도가 있어 술을 없앴다

술잔을 가운데 놓고 대항하는 건
잔을 가득 채운 술이 목구멍을 통과하는 동안
서로에게 터주는 숨길이었는데

술이 텅 빈 날 어느 중간
지나가던 누구라도
음악을 틀어 참견했더라면,

멀리서부터 어깨가 저려왔고
주위엔 오염된 공기뿐이다

이대로 몇 걸음을 옮겨놓을 수 있을까

새벽에 받은 점괘 바닥에 펼쳐놓고

나를 흘려보냈다

대나무 숲

울음이 목젖까지 치밀 때마다
입장료 싸 들고 찾아가는 곳이 있다

홀로 된 노인들 휑한 눈빛과
말하는 법을 어딘가에 놓고 내린 아이와
목매다는 울음들

비장한 각오 하나둘 입장을 시작하면
오늘은 어떤 마음과 마음이 만날까
가슴에 단 이름표 밝히며 방이 등장한다.

울고 싶을 때에도 연습이 우선이야
가방에 휴대해 간 울음보는
털끝만큼 차이에 터지지 않았다

왔던 길 거두어 돌아가는 길
피부에 와 박히는 저녁이
따라오라고 손짓하며
오슬오슬 대나무 숲으로 사라졌다

■ 시읽기

다음은 신문 기사의 일부입니다.

"몇 달 전 문 닫은 모 대기업 자회사. 12시간씩 일 시키고 저녁
은 싸구려 떡볶이만 사 줬다. 한 달 내내 야근, 주말 근무, 명절까
지 일해도 100만 원을 손에 못 쥐어봤다. 6개월 만에 도망쳤는데
배운 게 도둑질이라 아직도 이 짓 한다."(IT회사 옆 대나무숲)

"나보다 모아둔 돈이 더 적은 예비 신랑. 집 구할 돈이 없어서
직장 사택 살게 됐는데 사택도 집이라고 나한테 혼수 해오라는 시
월드(시댁을 의미하는 신조어). 결혼하려는 제가 미친년이죠?"(시
댁 옆 대나무숲)

기사에 따르면 트위터에 우후죽순처럼 생겨나고 있는 '○○옆
대나무숲' 계정이 우리 사회를 뜨겁게 달구고 있습니다. '대나무
숲'은 임금님의 이발사가 주군의 신체 비밀을 외쳤던 곳이 바로 대
나무 숲이었다는 우화에서 비롯되었습니다. 이곳은 동종 업계에
있거나 공통 관심사를 가진 사람들끼리 불만이나 애환을 토로하
며 공감을 나누는 장으로 자리 잡아가고 있다고 해요.

그런데 화자가 찾는 '대나무 숲'은 말하는 법을 어딘가에 놓고
내린 아이와 홀로 된 노인들이 있는 곳, 목매다는 울음이 그렁그

령한 장소입니다. 인간 삶의 긍정적 모습을 허용치 않는 이 병든 세계 속에서 화자의 고통은 해소되기는커녕 더욱 가중됩니다. "울고 싶을 때에도 연습이 우선"이라는 데서 고통을 대하는 화자의 자세가 드러납니다. 이는 그가 치열한 긴장 쪽으로 의식을 열어놓음으로써 끊임없이 자기의 틀을 깨뜨리려 노력하는 사람임을 암시합니다.

시 속의 화자는 시인의 페르소나이자 울고 싶어 대나무 숲을 찾는 이들 모두이기도 합니다. "피부에 와 박히는 저녁"이 얼음조각처럼 차가운 현실입니다만, 김여여 시인의 시를 읽는 여기가 우리들의 대나무 숲이겠습니다.

달아실시선 90

F코드라는 애인

1판 1쇄 발행	2025년 5월 18일

지은이	김여여
발행인	윤미소
발행처	(주)달아실출판사

책임편집	박제영
기획위원	박정대, 이흥섭, 전윤호
편집위원	김선순, 이나래
디자인	전부다
법률자문	김용진, 이종진

주소	강원도 춘천시 춘천로 257, 2층
전화	033-241-7661
팩스	033-241-7662
이메일	dalasilmoongo@naver.com
출판등록	2016년 12월 30일 제494호

ⓒ 김여여, 2025
ISBN 979-11-7207-049-6 03810